AF344880

Siete cuentos de La Aldehuela

Ricardo Serrano Deza

Ricardo Serrano Deza, *Siete cuentos de La Aldehuela*, Trois-Rivières, 2024. ISBN 978-2-9821908-2-5.

Ilustración de cubierta 1: fotografía RSD, ventana de la ermita del Soto.
Filigrana de cubierta 4: fotografía GoogleEarth retrabajada como dibujo.
Las referencias de las imágenes del texto van al pie.

Copyright © 2024 Ricardo Serrano Deza.
Todos los derechos reservados.
Tous les droits réservés.

Dépôt légal - Bibliothèque et Archives nationales du Québec, 2024.
Dépôt légal - Bibliothèque et Archives Canada, 2024.

A todas
las que han amasado pan en La Aldehuela,
lavado en el arroyo,
bailado en el Soto.

A todos
los que han conducido vacas, carros y arados,
segado en la era,
pegado la hebra con el forastero.

A los coros infantiles
que han cantado la tabla de multiplicar
en la vieja escuela.

A la larga cadena de
cuantos nos han legado la belleza
de esta alta tierra.

Y en particular a mi tío Gabriel García Vegas
(1911-2004),
filósofo de la vida corriente.

El autor agradece las valiosas aportaciones de Marisol García Serrano, Isabel García Antón y Juan José Serrano Martín, que han apuntalado y precisado recuerdos de dos generaciones.

ÍNDICE

PREFACIO: ¿EN QUÉ TIEMPO SE LOCALIZA LA ACCIÓN DE LOS CUENTOS?

A pesar de la ostensible numeración de sus títulos, los cuentos no van ordenados cronológicamente, pues cada uno ha tirado a su manera de la manta del tiempo y ha situado su acción donde mejor le convenía: en algún caso con un narrador ya mayor, en otros aún niño.

Una filosofía con cachava *y* **Dos dulces de Eugenia** *son cuentos de posguerra. Su acción se sitúa en la segunda mitad de la década de 1950.*

La acción de **Tres torcidas encendidas** *es muy posterior y hay que situarla en el momento de la declaración de la pandemia de coronavirus, a principios del año 2020.*

Cuatro cuervos en el bardal *se sitúa al principio de la década de 1970, con una escuela todavía abierta en el pueblo.*

Cinco cigüeñas por Las Solanas *hay que colocarlo en la década de 1980, ya en el contexto de rápido despoblamiento.*

Seis de sémola para apuntar *se planta en los primeros años de 1960 y marca el fin de la posguerra.*

Siete sietes en el pantalón *se estira, comprimiendo el tiempo, desde los albores del siglo XXI hasta la actualidad de este 2024.*

En estas localizaciones hay dos acontecimientos históricos que marcan y delimitan el conjunto de los cuentos: uno al comienzo del periodo cubierto, la posguerra; y otro al final, la pandemia de coronavirus.

Desde el principio de la guerra en zona nacional, con un frente estabilizado en Gredos y el Puerto del Pico (la zona republicana al sur de esta línea), la posguerra se eternizó después en La Aldehuela hasta la asfixia y, desde los primeros años de 1960, no dejó otra alternativa que la emigración.

La pandemia, por su parte, parece haber contribuido a una inesperada reacción: la toma de conciencia de que las crisis se viven mejor en el pueblo y de que los pueblos representan justamente la salvaguarda de la naturaleza y de los saberes tradicionales ligados a ella.

Un hecho me sorprendió particularmente a mi paso por La Aldehuela en la primavera de 2023: el nuevo interés que se respira por todo lo que rodea al pueblo, desde los servicios públicos hasta la ecología o la historia, y el inédito orgullo de 'ser de pueblo', incluso entre los jóvenes que viven solo con un pie en él.

Trois-Rivières, febrero de 2024.

1   UNA FILOSOFÍA CON CACHAVA

Una filosofía no hace verano, pero algo calienta si viene el tiempo arrugado en febrero y no queda ya pata de silla vieja que echar al fuego.

La religión puede hacer también el apaño, aunque a riesgo de aumentar gastos con los diezmos del cura, mientras que la filosofía apenas necesita nada: lo primero, una mirada ligeramente distante, cosa bien fácil de lograr con solo entornar un poco los párpados; lo segundo, un objeto mágico de uso común, pongamos una cachava, que se convierte en prolongación de la persona y que sirve muy bien de varita para trasmutar lo malo en menos malo, las lágrimas en media sonrisa; lo tercero, algo de voluntad, o sea de esperanza, o sea de caridad con uno mismo, que ese es el verdadero principio de la caridad.

Todo esto que aquí cuento lo he aprendido observando a mi tío Gabriel García: boina bien calada, faja negra, traje de pana con chaleco y reloj. Su teoría de la vida me pasó desapercibida algún tiempo –pues no era filosofía de plaza, sino de puertas adentro–, pero luego me he ido dando cuenta de que en ella había grano para llenar de contento el celemín de las horas tristes de aquel teatro de curas y biempensantes en el que estuvimos haciendo de figurantes hasta que se rompió el telón de la posguerra.

• § •

Era la de Gabriel una filosofía de la resistencia: vivir con lo que había, no criar mala sangre y, si se podía, echar una mano, que siempre anda por ahí un siguiente.

—Dejad que pasen unos años —nos decía a mi padre y a mí ante unos chatos de tinto rasposo[1], a un lado de la boca un pitillo mal liado de Ideales (de lo de mi padre, que el tío Gabriel fumaba Escudo), los ojos guiñados por el humo, quizá también para

---

[1] Yo era aún pequeño, pero estaba hecho a todo desde que mi padre me sirviera vinagre en el vasito de vino, equivocado una noche a la luz del candil. El abuelo Eugenio se puso furioso, aunque al final terminó riéndose.

verme mejor, para verme "después", y siguió dirigiéndose ahora a mí—. Deja que pase este pasodoble, cuando lleguéis vosotros…

Ideales ha sido el tabaco popular por excelencia en España desde 1913 hasta 1991. Eran cigarrillos de picadura en hebra, destinados a ser liados de nuevo con papel de fumar de librillo (lo que permitía generalmente duplicarlos). Los había de papel amarillento (llamados 'caldo de gallina' o simplemente 'caldo') y otros, más selectos, de papel blanco. Cajetilla diseñada por Carlos Vives (1900-1974), retrospectiva del Museo de las Artes Gráficas, 2003.

—¿De verdad crees tú que esto va a cambiar, Gabriel? —le preguntó mi padre.

La cachava colgaba inerte de su antebrazo izquierdo y era ahora la mano derecha sola la que expresaba el movimiento del mundo que llevaba dentro:

—Pues claro que va a cambiar, hombre. La cuestión es cuánta gente podrá subirse al carro, o sea, cuánta gente echará una mano para que otros puedan subir.

. . .

El tío Pedro, el herrero, apareció en la puerta del bar.

—¡Eh Gabriel! Échate eso al coleto y vente pacá, que tenemos un trabajo.

—¿Qué es ello?

—Una rueda reventada en un carromato de los comediantes.

—¿Pagan bien?

—Ya sabes.

—Ya. Vamos a ver.

Y se cogió la cachava imprimiéndole un movimiento de zahorí, como esos que buscan agua bajo tierra con una rama o un hierro, pero Gabriel lo hacía con una sola mano, la otra acompañando los altibajos del discurso con el tío Pedro.

. . .

El tío Colás, el alcalde, había asumido el control de la situación en la plaza y había mandado el carromato sano de los comediantes al discreto recodo que queda por debajo de la iglesia. En la plaza, donde había terminado de desmoronarse, quedaba el de la rueda desbaratada, ya sin la cabalgadura. "Compañía de Comedias de la Viuda de Riquelme", podía leerse en el toldo lateral medio descolorido.

—¿Qué hay, Gabriel? —le saluda Colás—. Ya te habrá contado este. A ver si entre los dos sois capaces de apañar la rueda a esta gente, que tienen que seguir para Barco.

—Déjame que eche un vistazo —le responde Gabriel—. ¡Hum! El cubo no está dañado, pero hay que hacer tres rayos[2], si no más, y una buena parte de las pinas[3], que están bien rajadas. ¿La llanta qué te parece, Pedro?

—No parece mala del todo. Enderezándola, podemos probar…

—La carpintería se llevará de cierto una jornada, eso porque tengo madera seca de años. Si no, imposible.

—Con calentado de fragua y cierre, nos ponemos en jornada y media. Dos jornadas con desmontado y montado… si todo va bien.

—Pero hombres de Dios —grita con voz altisonante un cómico alto y bigotudo saliendo del carro—, ¿no se dan cuenta en su simplicidad que pasado mañana hemos de representar sin falta una famosa comedia en la noble villa de El Barco de Ávila?

---

[2]   Rayos: usa aquí Gabriel la denominación tradicional en lugar de la actualmente habitual de "radios".

[3]   Pinas: piezas sectoriales que forman la circunferencia de la rueda y van rodeadas por la llanta.

—Mire amigo —le contesta Pedro—, en este lugar de La Aldehuela seremos simples, pero a los voceras terminamos echándolos al pilón.

—Y dígannos clarito —añade Gabriel— si quieren rueda o no la quieren, que no estamos para gaitas desafinadas.

Pero la Viuda de Riquelme, autora de comedias[4] llegaba ya, marcando porte, desde detrás de la iglesia:

—Castro, si le has dado a la botella, mejor te esfumas. Perdonen ustedes. Este anda de los nervios.

—Y parece que también del codo —añade Pedro.

—Sí —acepta la viuda—, pero no recita mal los versos… y los cómicos que hacen galanes no corren los caminos. Miren, voy a ir directa al grano, que ustedes vienen a ayudarme y yo les debo franqueza: no tengo dineros para pagarles. Si aquí el señor alcalde acepta, yo haría una representación en el pueblo y lo recaudado sería íntegro para ustedes.

---

[4] Autor/a de comedias: es esta la vieja fórmula que, desde el siglo XVII denomina al que dirige una compañía de teatro. El autor de los textos, por su parte, era llamado 'poeta'.

Creo que eso alcanzaría para el trabajo y el material. ¿Me ayudarían ustedes en esas condiciones?

—Hombre, mujer quiero decir… —dice Pedro.

—Pero será una comedia de buenas costumbres… —interpone Colás.

—Claro, señor alcalde. Con un final ejemplar, ya verá.

—¿Y de qué tratará la comedia? —pregunta Gabriel.

—Es *La serrana de la Vera.*

—¿Pues no es esa la salteadora que mataba hombres por la parte de Extremadura?

—Esa misma, pero no tengan cuidado, que es del famoso poeta don Luis Vélez de Guevara y yo misma la he endulzado algo. ¿Qué me dicen ustedes?

—Si la comedia tiene el permiso de gobernación, por mí no hay inconveniente —concede el alcalde.

—Venga, doña —cierra el trato Pedro tras consultar con la mirada a Gabriel—. Seremos así sus socios en esta función de La Aldehuela.

—Pues moverse. Vamos a la carpintería a por unos maderos para apalancar la rueda y sacarla.

. . .

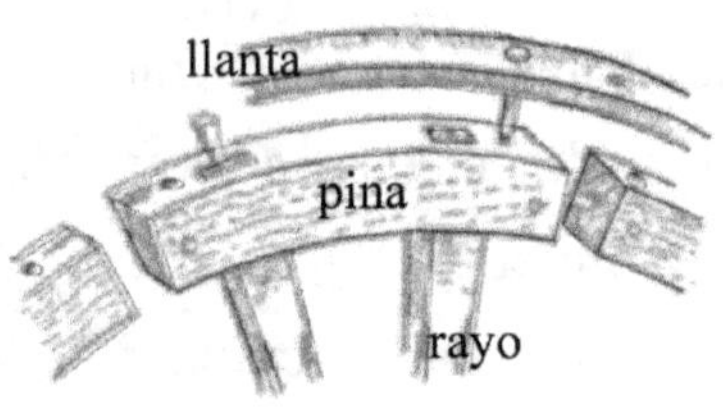

Esquema de rueda de carro inspirado en José Puche Forte, "Los *aperaores*", Museo Arqueológico de Yecla, Yecla, 1990.

Desde el alba, Gabriel dedica toda una larga mañana a dar forma a las pinas, marcando primero con una de las rotas, desbastando luego con hacha y azuela, y afinando al final con cepillo. Los huecos para los rayos, con broca y formón.

Avanzada la jornada, el rompecabezas empieza a cobrar nueva forma alrededor del cubo, los rayos encajados con un pequeño ángulo hacia fuera, el 'peralte' que dice Gabriel, que es lo que da estabilidad al carro.

Pronto hay que pasar, ya en la fragua del tío Pedro, a la unión del hierro de la llanta con la madera, operación delicada pues es el fuego el que une en realidad esos dos elementos dispares: calentando al rojo el aro y martillando sobre la madera, haciendo palanca hasta encajar sólidamente las dos presiones, una que quiere expandirse y otra que aprieta al recibir el frío del agua.

Diderot et d'Alembert, *Encyclopédie ou Dictionnaire raisonné des sciences, des arts et des métiers*, planches VII, 1771, p. 186 (Bibliothèque Mazarine).

Pedro y Gabriel han vuelto a repetir así el ritual del oficio de carretero que recoge *La Enciclopedia*, aquel viejo libro de los saberes que iluminó Europa en el siglo XVIII.

. . .

Mediada la tarde, la rueda está lista, pero es ya la hora de la función de *La Serrana de la Vera* y los vecinos de La Aldehuela vienen todos con sus sillas, grandes y chicos, a coger un buen sitio ante la improvisada escena. Y es esta como la de los tiempos de aquel célebre Lope de Rueda, que evoca Cervantes, exagerando la parquedad de los medios usados por los primeros autores de comedias:

> que se cifraban en cuatro pellicos blancos guarnecidos de guadamecí dorado, y en cuatro barbas y cabelleras y cuatro cayados, poco más o menos… El adorno del teatro era una manta vieja, tirada con dos cordeles de una parte a otra, que hacía lo que llaman vestuario, detrás de la cual estaban los músicos, cantando sin guitarra algún romance antiguo. (Prólogo a las ocho comedias).

Alguna bota de vino circula de mano en mano y las madres y las abuelas han traído provisión de boca para los más pequeños.

La función da comienzo avanzado ya el sol y, enseguida, la viuda de Riquelme, que viene muy engalanada como serrana de la Vera, corta en seco al capitán don Lucas –justamente el actorcillo de voz grandilocuente y codo empinado–, que pretendía ni más ni menos que alojarse en la casa de la moza usando sus prerrogativas de militar en campaña:

CAPITÁN	¿Cuál ha de ser mi aposento?
SERRANA	El cañón desta escopeta.
CAPITÁN	¿Qué dices?
SERRANA	Procura entrar, fanfarrón…[5]

—¡Viva la serrana! —gritan varias mujeres del pueblo— ¡Dale a ese aprovechao!

En el grupo de las que animan a la serrana, las más enfervorizadas son las dos Eugenias –de

---

[5] Los fragmentos reproducidos de *La serrana de la Vera* proceden de la versión de Vélez de Guevara pero tienen más de un retoque, y más de dos, de nuestra viuda de Riquelme.

quienes estos mismos cuentos darán oportunamente cuenta y señal–, especialmente mi tía segunda, la de Simón, mientras que su marido le dice quedo que no grite, que eso no está permitido, y además lo del capitán no es de verdad… Pero tía Eugenia, nada, que al capitán había que echarle al pilón, que a ver dónde están los mozos de La Aldehuela, hombre, *¡si es que ya no hay vergüenza!*

Hasta tal punto que la serrana de la Vera, o sea la viuda de Riquelme, ve que el patio se está caldeando más de la cuenta –y esto no es más que el principio de la comedia, *¡madre mía!*–, así que sale al quite diciendo aquello de:

—Honorables señoras, déjenme que me defienda yo sola de este cabrón, que soy muy mujer para hacerlo, y hasta muy hombre si hace falta. Y estense todas tranquilas que a este capitancillo me lo cargo por mi madre si hace falta, ¡vaya!

Y eso apacigua algo a las dos Eugenias y a las demás mujeres, pero la viuda de Riquelme sigue preguntándose en su interior qué pasará al final de la comedia, ella que lo conoce. *¡Mejor no pensarlo!*

Por su parte, Colás el alcalde está dando vueltas a la boina y se barrunta ya que allí va a haber sus más y sus menos. *¡A todo esto, sin la pareja de la Guardia Civil, que aquí los quería yo ver, coño!*

Y no le falta razón. Porque, claro, el capitán don Lucas vuelve poco después, de muy buenas maneras y con mucha pamplina, y pide a la serrana en matrimonio con las consabidas promesas… Y la serrana termina picando.

—Mira que se lo estamos diciendo —comenta para todo el patio Eugenia la de tío Francisco—, pero esta se ha atolondrado y no ve más que las estrellas del capitán…

Mas el embeleco no dura mucho, pues el capitán sale por piernas tras gozar de la serrana la primera noche. Encima con recochineo y comentarios despreciativos.

Cuando la serrana despierta y comprende la verdad, ahí arde Troya:

SERRANA	¡Ay furia, ay rabia! ¡Ay cielos!
	¡Que se me abrasa el alma! ¡Fuego!
PADRE	Las quejas dejemos, hija,
	y acudamos al remedio.
SERRANA	Bien decís. Dadme un caballo
	que imite a mis pensamientos,
	y dos escopetas me carga
	que al monte me marcho luego…

Y efectivamente se echa al monte para vengar su honor y llevarse por delante a cuantos hombres se le pongan a tiro, pero sobre todo a uno: al capitán don Lucas. Una salteadora de caminos fuera de la ley, eso es ahora la serrana, que vive en una choza de pastor colgada de un pico.

Si la verdad sale de las bocas infantiles, el encuentro con una niña del pueblo devuelve a la serrana la imagen de su situación:

SERRANA   ¿Qué dicen en el lugar
de mí?

NIÑA   Que eres Lucifer,
saltabardales, machorra,
el coco de las consejas,
el lobo de las ovejas
de las gallinas la zorra…

En el patio, las mujeres se han quedado circunspectas, pero no se arredran ante la situación. ¿Tenía la serrana otra opción en ese mundo de leyes desiguales para hombres y mujeres?

La Santa Hermandad –el equivalente de la Guardia Civil en la época– anda algún tiempo a su busca y captura y termina copando los montes donde la serrana ha sido vista. Y es que un salteador de caminos, pase; pero una salteadora…

Mientras tanto, el capitán don Lucas va despreocupadamente camino de Plasencia. Como militar de parada y desfile que es, no está hecho a lo agreste de estas sierras y termina perdiendo la cabalgadura y perdiéndose él mismo…

Ahí los comentarios del patio empiezan a subir otra vez de tono:

—Ese desgraciao está metiéndose él solito en la boca del lobo —anuncia mi tía Eugenia a quien quiera oírla—. Y le estará muy bien empleado.

CAPITÁN   ¡Noche oscura! Ah madre helada
del engaño y la ocasión
que al amante y al ladrón
das de una suerte posada…

—¡Ahí lo tienes! —grita una vecina—. Ojo al parche, serrana. No te le dejes escapar.

SERRANA   ¿Quién es?
CAPITÁN   Un perdido soy
que no acierto dónde estoy.
…
SERRANA   A buen puerto habéis llegado.
Noche, piedad has tenido,
pues que me has restituido
la ocasión que me debías
para las venganzas mías…

—Anda majo, vuelve ahora a tus pamplinas. ¡A ver si cuelan otra vez!

La comentadora es Candy, la de Eugenia, incorporada ahora al coro de las madres… y da en el clavo, pues el capitán reconoce a la serrana e intenta echar marcha atrás:

CAPITÁN	Serrana, palabra te di
	de ser tu esposo. Aquí estoy:
	tu esposo y tu esclavo soy.
SERRANA	Ya es tarde, ingrato. De aquí
	has de volar, pues por ti
	al cielo he sido traidora
	con tantas culpas.
CAPITÁN	¡Señora!
SERRANA	No hay ruego que mi honra estrague:
	quien tal hace, que tal pague…
	¡y cáigase el cielo agora!

—¡Bien hecho, serrana! —gritan todas las mujeres, bueno, todo el patio porque aquello se ha vuelto ya contagioso universal.

Mas en esto llega la Santa Hermandad y la serrana se deja prender sin ofrecer resistencia:

ALCALDE	¡Grillos y cadenas!
SERRANA	El viento
	no me llevará, señor
	alcalde.
ALCALDE	¡Extraño valor!

SERRANA   No hay sino tener paciencia.
CUADRILLERO Ya está esto puesto.
ALCALDE   ¡A Plasencia!

—De Plasencia nada, majo —salta excitadísima Eugenia la de Simón mientras su marido le da tímidamente golpes en el brazo airosamente levantado—. La serrana se queda en La Aldehuela. Y aquí los mozos ya saben lo que hay que hacer: ¡al pilón con esos mamarrachos, y el capitán el primero, de cabeza!

. . .

Cuentan algunos de Barco, que allí vieron la función de *La serrana de la Vera*, que el comediante que hacía el capitán, un tal Castro, tenía una ronquera del diablo y que al final no salió a saludar ni apareció tampoco por la taberna.

2   DOS DULCES DE EUGENIA

Con los sabores, la memoria se embala y basta evocar el regaliz de palo o, más que nada, el anís para aterrizar de golpe en La Aldehuela de la infancia con un dulce en cada mano: cuando se junta el hambre con las ganas de comer, no hay maneras ni educación que valgan.

• § •

Esto ocurría en casa de Eugenia y los dulces eran dos rosquillas de Santa Clara, de las 'listas' para más señas, es decir, de las que vienen bañadas por encima con su merengue seco. Ahora, que a lo que saben propiamente es a anís.

Pero ante todo, hay que empezar aclarando que había en el pueblo —en nuestras proximidades familiares, que es lo que cuenta para estas cosas— dos Eugenias.

Una, hija de tío Simón y tía Encarna, resultaba ser tía segunda nuestra. Vivía por la calle Pilón, cerca de la herrería antigua, la de herrar a las caballerías, y ahí íbamos a visitarla los domingos después de misa o así (y ya se hablará de la misa de La Aldehuela en alguna de estas historias, que también era muy particular).

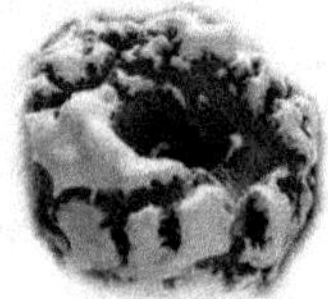

Las rosquillas de Santa Clara proceden originalmente del monasterio de la santa en Madrid, fundado en 1460 por Catalina Núñez de Toledo, viuda de Alfonso Álvarez de Toledo. Estas rosquillas se popularizan rápidamente en la capital, particularmente durante las fiestas de San Isidro.

El hecho de que la fundadora del convento esté ligada a la casa de Alba explica la amplia difusión de estos dulces en el valle del Corneja.

La otra Eugenia, la de tío Francisco, vivía en la plaza, al lado del bar La Sindical. Esta no era de la familia, pero como su hija Mari era muy amiga de mi hermana, pues como si lo fuera. Y además en la cocina tenían una orza siempre llena de rosquillas y también una bomba de mano para sacar agua directamente desde el pozo, que Candy, la hija mayor, me hacía funcionar con gran asombro por mi parte. Y bueno es recordar aquí que en esos tiempos había que ir a por agua a la fuente, cántaro a la cadera –cuando no sobre la cabeza, con un rodete–, si es que había moza en casa.

En casa de los tíos –y eso se extendía a la de los abuelos, que estaba allí pegando–, la tarea le tocaba a mi prima Marisol, que aprovechaba la salida para ponerse al día de chismes de mozas y novedades varias. A veces, hasta me traía algún recado de la chiquillería:

—Dice Mercedes la de Colás que vayas, que te van a subir a la torre de la iglesia… pero yo que tú iría con tiento…

—¿Por qué?

—Hay ánimas.

—¿Y cómo son?

—¡Hum! Más bien malas.

—No puede ser, prima. ¿Cómo va a haber ánimas malas en la iglesia?

—Es que, como es en el campanario, son del purgatorio o así… Tú vete de todas formas, que algo portentoso verás, pero ya estás avisado.

—Ya, tú lo que quieres es que las ánimas me cojan y deje de dar la tabarra de niño de papá con bandurria…

Antes de seguir, este asunto de la bandurria pide su explicación, y es ella que yo quería una guitarra, pero mi padre me regaló una bandurria. Y terminamos llevándola a La Aldehuela, claro, en el saco de papel de estraza en el que llegó de Almacenes Pardo, y mi padre organizaba allí corrillos para que yo me luciera tocando:

Las vacas del pueblo

ya se han escapao.

Riau riau.

Esto último de los *riaurriáus* con mucho rasgueo de púa. Y todo el mundo decía que mu bien, menos mi prima, que se pensaba para ella que vaya plomo.

Y vamos ya al grano: cagado de miedo, pero allá fui, a lo de las ánimas. En la plaza me estaban esperando Mercedes, Josefina y otros cuantos, que rápidamente empezaron el interrogatorio:

—Tú, siendo de ciudad, lo mismo ni sabes dónde están las ánimas —aventuró Mercedes.

—Pues sí que lo sé, listilla, mira por dónde: todas en el cementerio.

—No señor, que alguna ronda por los confesonarios.

—Ya me lo ha contado mi tío Pepe el de Madrid, que sabe mucho de iglesias, pero esas son *impotentes*, o sea que no pueden con su alma de pecados que llevan.

—¡Qué *impotentes* ni qué niño muerto! Serán *impenitentes*, hombre.

—Eso.

—¿Y entonces las ánimas no te dan miedo? —vino a la carga Josefina.

—Ni pizca —mentí yo, pero se me notó.

—Bien está, porque así no te importará subir la escalera del campanario —dijo uno de los chavales.

—¿Hay ahí también? —me hice yo de nuevas.

—Claro, pero tú ni caso —siguió la broma Mercedes.

—¡Cómo que ni caso! ¿Y si son ánimas en pena que necesitan ayuda para salir del purgatorio?

—Tranquilo, que a esas les llevamos recortes de hostias de estos. ¿Ves?

—¡Ah! ¿De modo que sirven para eso?

—Pues claro, hombre. Toma unos pocos por si acaso.

—¿Puedo comerme alguno?

—Sí, pero guárdate, que alguna ánima te pedirá y te va a pillar en bragas si no tienes.

En esto Mercedes sacó con mucho misterio una enorme llave de hierro y señaló la pequeña puerta arqueada que queda a la derecha de la torre:

—Venga, chicos. Vamos parriba.

Iglesia Nuestra Señora de la Asunción, La Aldehuela (foto de GoogleMaps retrabajada)

En las oscuridad que reinaba dentro, ánimas no vimos, pero telarañas sí, aunque fue aquello llevárnoslas encima más que verlas.

Subíamos siguiendo a tientas con las manos los pasos del anterior, dando vueltas y vueltas hasta que apareció una luz arriba, que no fue la del purgatorio sino la de las campanas.

Y en esto, ya todos arriba con el corazón desbocado, las campanas se pusieron a voltear (a saber quién se pondría abajo a darles a las cuerdas) y nosotros, las orejas tapadas con las manos, salimos despavoridos de vuelta escaleras abajo.

Un hombre nos gritaba garrota en ristre desde el otro lado de la plaza:

—¡Sus la vais a ganar, condenaos! Mira la que han organizao los chavales…

—Ese tiene muy malas pulgas —dijo Mercedes.

Y echamos todos a correr para la era, pero yo me refugié por si acaso en casa de Eugenia la de tío Francisco, con la excusa de beber agua de la bomba y pillar si acaso una rosquilla de las listas. Decididamente los recortes de hostias no alimentan nada.

3   TRES TORCIDAS ENCENDIDAS

Viene aquí un aire semejante al de Pamparampules, esa vieja cantinela infantil que se muerde la cola y vuelve sobre sí misma hasta el infinito –¿Quieres que te lo cuente otra vez?–, o hasta el sueño del atardecer de aquellos lejanos veranos de La Aldehuela que olían a rotunda frescura, cuando las luciérnagas descargaban sus baterías en los zarzales de la regadera de la iglesia.

En esos cuentos y canciones, las pescadillas que se muerden la cola, los espejos que se reflejan hasta el infinito, las cajas chinas son el pan nuestro de cada día. Hasta el mismo lector de ese cuento total que es Cien años de soledad *termina cayendo en la cuenta de un final que resulta ser el principio.*

. . .

Y tiro porque me toca... Érase pues que se era un buen viernes, justo antes de aquella famosa pandemia de coronavirus que hubo en la tierra. Caro, o séase Carolina, había propuesto a sus amigos pasar el fin de semana en la vieja casa familiar que fue de sus abuelos, en La Aldehuela, también es casualidad, hombre.

Obsérvese que ahí la historia aún no ha empezado, pues hasta aquí van los prolegómenos. Pero ahora sí, con lo que sigue.

• § •

—Eh chicos, mirad la ristra de WhatsApp que me ha entrado.

—Yo tengo también el Instagram lleno.

Y los otros siguieron con parecidos comentarios sobre sus diferentes 'apps', pues ya entonces el viejo correo electrónico había pasado a la historia y cada cual usaba, profusamente, el de su plataforma favorita.

Todas las televisiones del país –que ninguno de esos chicos veía jamás– acababan de informar sobre las nuevas normas del gobierno relativas a desplazamientos, test, vacunas y uso de mascarillas.

A saber si los chicos de La Aldehuela estarían en regla con dichas normas. Pero tenían una buena provisión de *fettuccine* con su correspondiente salsa, tomates no tan buenos, que a saber de qué lejanas tierras vendrían por esas fechas, así como tres hermosas hogazas de Piedrahita, la fruta que habían juntado unos y otros, café, mermelada, tinto de cosechero del que gasta el bar de la plaza y unas relucientes morcillas de calabaza, obsequio de Gloria, que es propiamente de Las Navas pero resulta ser tía de Caro. La subsistencia parecía asegurada por algún tiempo.

. . .

—Bueno, dejad los teléfonos tranquilos un rato —propuso Caro—. Y sobre todo que a nadie se le ocurra encender la televisión.

—¿Pues qué haremos?

—Muy fácil: contar cuentos por turno.

—Eso me suena a algo que he leído alguna vez.

—Ya salió el intelectual.

—¿Y cuál será el orden de actuación? Que lo mismo nos da solo para media vuelta, que nos pasamos aquí dos semanas…

—Votemos en una encuesta Facebook. En un momento os la preparo. El que saque más votos será el primero y así a continuación.

—Oye Caro, en eso de Facebook se te ha notado la modernidad.

—Qué quieres, Moncho. Una va ya talludita y no está para las monadas de Tic-Toc.

. . .

Moncho salió primero en la encuesta y, después de pensar un rato, empezó su cuento de esta manera:

Esto eran tres luces, pero me explico, no de estas que llevan los teléfonos para hacer la ola en los conciertos o para entrar en casa a las tantas. No, no, esto era mucho antes.

—Ya lo tengo, eran cerillas.

—Qué va, esa es otra historia. Estas eran torcidas.

—¿Cómo pueden ser unas luces torcidas? ¿Nos estás contando lo de Einstein?

—Si es que no estáis en lo que hay que estar, hombre…

Vamos a ver, tenéis que meteros en la oscuridad de la iglesia y oír el eco de la campana que está llamando a misa, los cuchicheos de las viejas… Lo que más os va a llamar la atención al entrar son una especie de altares que las mujeres están montando aquí y allá por el suelo. Ana, la heroína de mi historia, acaba de llegar con su abuela (ambas de velo negro) y, de la cesta que trae, saca un tapete de terciopelo granate, que extiende cuidadosamente. Encima coloca otro de hilo bordado con puntillas y, sobre este último, va poniendo las torcidas.

—Pero bueno, Moncho, ¿qué son las torcidas?

—Son mechas empastadas de cera, por eso tienen algo de cuerpo. Vienen enrolladas en palmetas de madera y, una vez encendidas, hay que ir desenrollándolas.

—Oye, ¿no te estarás quedando con nosotros, todo eso sacado de tu manga?

—Os juro que no. Lo he visto mil veces. Esos altarcitos de torcidas son para recordar a los muertos de la familia. El cura viene al final de la misa a echar el responso en cada uno. Y recoge las monedas, claro.

Pero no me interrumpáis ahora, que, entre murmullos de rezos y chisporroteos, ya han resonado las palabras:

In nomine Patris et Filii et Spiritus Sancti amen.

—¡En latín! Entonces eso ocurre hace muchísimo tiempo.

—Claro, yo soy un clásico, mujer. Bueno, a no distraerme más, que voy al grano:

Ana, mi heroína, enciende la primera torcida, que ilumina toda su cara. En el lateral izquierdo del templo, junto al muro de granito, una atenta sombra la observa sin pestañear.

. . .

En la tarde incierta y primaveral la luz ha ido cayendo y Caro ha dispuesto en la chimenea unas hojas arrugadas de publicidad, astillas y varios leños. La llama del mechero dibuja en luz su perfil mientras el fuego duda, se extiende.

En la historia de Moncho, allá en la iglesia, una voz dice desde el altar
Emitte lucem tuam...
y Ana enciende la segunda torcida, que hace brillar sus ojos negros. Unos ojos que buscan ahora la sombra que los mira.

Caro aviva el fuego con el fuelle y se vuelve lentamente hacia el narrador. Silencio.

Ana prende ahora la tercera torcida y un rayo de fuego salta reflejado en sus labios:
Munda cor meum ac labia mea.

La chimenea se aviva con el alto tiro del viento. La leña chasca y un aire de luz redonda envuelve el fuego. ¿Pero de dónde viene ese olor a cera?

Ana y la sombra están unidos en un abrazo...

¿O son Caro y Moncho? Sus amigos no sabrían decir exactamente. Ellos están todavía en la iglesia.

4   CUATRO CUERVOS EN EL BARDAL

Los peros no son, como alguien pueda quizá presumir, el masculino de las peras.

Los peros son manzanas reinetas, pero no cualesquiera. O sea, son las que se cogen en La Aldehuela, que es donde así se llaman, o se llamaban, pues en estos últimos tiempos hemos perdido las cosas y los nombres de las cosas, y ya no nos aclaramos, comiendo en la mitad de la tierra las mismas insipideces con código de barras, eso mientras se puede, que no siempre.

• § •

—Desde las bardas que orillan la carretera hasta el arroyo Caballeruelo, todo eso que ves ahí era una alegría, pero mira los dos manzanos secos que quedan, que parecen la misma higuera maldita de

Jesucristo. Claro, antes venían por aquí las regaderas, pero ahora quia, a comer todos manzanas del súper.

—¿Tan diferentes eran los peros, Gabriel?

—¡Hombre! Como si nunca te hubieras comido uno de pequeño. Una piel rugosa y flexible para empezar, entre verde, amarilla y marrón. Y aquel sabor cercano al membrillo…

—Y es cierto que duraban todo el invierno?

—Vaya si duraban. Los peros se pueden estirar casi como las patatas, pero unas son de la tierra y, para que enduren, hay que volverlas a enterrar en montones con paja; los otros son del cielo y hay que extenderlos bien sobre los maderos del desván. Ahora, como el cielo y la tierra andan siempre un poco revueltos, hay quien también entierra los peros con paja. Además, si quieres que las patatas no críen brotes una vez en casa, no tienes más que juntarles unos pocos peros. ¡Mano de santo!

. . .

El tío Gabriel no solo sabía de peros y patatas, que igual apañaba unas revolconas (con arte y torreznos) que un arado romano. Era él también el artífice de la cesta de la probadura de la matanza que hasta Ávila nos llegaba cada año al filo de la

Nochebuena o poco después. Llegaba la dicha cesta facturada en 'la camioneta' –o sea, en el autobús de la tarde–, con su tapa de tela bien cosida con cordel, y dentro había toda clase de maravillas: una bolsita de judías del Barco, un chorizo, una morcilla seca de calabaza (la preferida por todos), un trozo de tocino salado con buenas vetas de jamón, unos cuantos peros y una hermosa hogaza que tapaba todo orondamente.

Con la cesta venía la carta de la abuela Petra, que empezaba diciendo "Queridos hijos y nietos: Os espero buenos al recibo de esta. Aquí todos bien…".

. . .

Más allá por esas mismas bardas, me balanceo ahora cansinamente al paso de Roque. He vuelto a La Aldehuela a pasar el verano y aquí me han acogido y regalado, y me han armado caballero sobre este noble jamelgo, con el que sigo los caminos que recorría mi abuelo Eugenio.

Pasado el altillo del cementerio, subiendo al Soto, cuatro cuervos nos esperan en conferencia sobre el bardal. Roque parece asentir a sus parlamentos y hasta les responde con un breve relincho de amistad.

Los cuatro cuervos, dibujo del manuscrito de estos cuentos (RSD).

No son los cuervos muy dados a frecuentar a los humanos, y con razón, pero con otros animales sí tratan lo suyo, como ya lo dejó contado La Fontaine, aunque poniendo al cuervo de tonto y medio, haciéndole soltar el queso que se llevó la zorra. Pero de eso nada: un pelo en el aire cortan los cuervos.

Aquellos cuatro se pusieron pues de conferencia con Roque, ignorándome como si yo no fuera de la compaña, pero en esto se fue llegando otro humano y los cuervos tomaron las de Villadiego hacia los altos de El Rehoyo, dejando a Roque con las orejas asombradas. Era el tío Pedro, el herrero, que volvía de la huerta.

—¿Ónde van caballo y caballero con el sofoco que viene?

—Todavía queda algo de fresca para llegar a las higueras de arriba, tío Pedro. A este le gustan los higos y sube que parece un potrillo.

—Y encima llegaréis a los más altos, jodío, los que no podemos coger los de a pie, ¿eh? Así se puede.

—Los privilegios de la orden de caballería, qué quieres. Por cierto, luego vamos a pasar por la herrería, a ver si le echas a este un ojo a los cascos.

—Vale, majo, cuando quieras. Pero aligerar, que se os echa encima la solanera y os va a dar un torzón por esos secanos de arriba, eso si no salta la tormenta, que también puede ser.

. . .

La tormenta no abrió los grifos del cielo, aunque a punto estuvo. A la tarde, el bochorno se juntaba en la herrería del tío Pedro con el rescoldo oloroso de la forja, pero la sombra se alargaba ya y algunos feligreses y habituales de aquel Vulcano del Tormes hacían su tertulia cotidiana e intercambiaban mano a mano petacas y librillos.

La cátedra de martillo del tío Pedro se había animado mucho desde la llegada de Saturnino Barrientos, el nuevo maestro, que había ganado la plaza recién salido de los estudios —ya en la transición de la vieja Escuela Normal a la Escuela Universitaria del Profesorado– y se había venido en pleno agosto para La Aldehuela, conque a preparar material y actividades para el principio de curso. Siguiendo el repiqueteo del martillo, enseguida descubrió el amistoso cónclave de la fragua, donde quedó fascinado por el trabajo del hierro:

—Pero vamos a ver, tío Pedro, ¿qué color debe alcanzar el hierro para poder trabajarlo en el yunque?

—Hombre, don Sátur, la luz se va rápido. ¿No ve aquí? Lo he sacado casi blanco y ya está rojo cargado. Según se calienta el hierro, lo importante es observar la piel: cuando el metal deja de sudar, entonces es el momento… Y luego en el yunque, es el oído el que manda.

—Como en la música…

—Algo de eso.

Saturnino Barrientos había llegado una tarde en la camioneta con su mochila y su maleta, su camisa arremangada y sus ojos de admiración tras unas enormes gafas redondas. Una vez acampado en la destartalada casa asignada al maestro, enseguida apalabró las comidas en la posada del señor José.

Por la mañana pronto, acudía a la escuela y allí removía y colocaba, pero enseguida se dio cuenta de que la cosa era para mayores y trató con el alcalde que le facilitase pintura para adecentar la clase. La tarde la dedicaba a conocer el pueblo y preguntaba a todo el mundo por los cultivos, por los trabajos, por las tradiciones... que hasta alguno empezó a bromear: «A saber si este maestro terminará enseñando algo, porque de momento lo suyo es preguntar».

Y es que Saturnino Barrientos, maestro nacional de nueva hornada, se había dado cuenta de que la gente allí sabía muchas cosas... y él quería aprender, pues no tenía un pelo de tonto.

Yo congenié rápidamente con él.

—Este caballo tuyo —me dijo aquella tarde mientras Pedro herraba a Roque— tiene cara de listo, como si se enterara de todo. Seguro que tú le hablas, ¿eh?

—Estos dos —terció Pedro con un casco de Roque entre las rodillas—, siempre de conversación por esos andurriales.

—Pues claro —confirmé yo—. Roque no es que sea muy locuaz, pero me sigue la conversación.

—Ahí el que no te sigo soy yo.

—Hombre, Sátur, los caballos tienen su propia lengua. Roque es de poco hablar, pero no creas, con los cuervos, sí se explaya lo suyo.

—Te estás quedando conmigo…

—¡Qué va! Subiendo al Soto, hay cuatro cuervos con los que este se echa sus buenas parrafadas.

—Eso tengo yo que verlo, oye… Porque además me viene de perlas esa imagen de cuatro cuervos parlanchines para la primera clase de matemáticas de los mayores. Imagínate: "Un agujero negro: el número de cuatro cifras que atrae a todos los demás".

—¿Eso existe?

—Ya lo creo.

—Pensaba yo que los agujeros negros eran solo cosa de la astrofísica…

—No, no. Bueno, en matemáticas se llaman propiamente constantes, como el 'número de oro'[6] sin ir más lejos, que está por todos lados en la naturaleza y en el arte.

---

[6] Número de oro: el maestro se refiere a la constante ϕ o fi (en honor del escultor griego Fidias, 1,618…), que explica por ejemplo las espirales. Está directamente relacionada con la serie de Fibonacci, que empieza con 1 1, y sigue con la suma de los dos elementos precedentes (1 1 2 3 5 8 …).

—De ese número dorado algo tengo oído. Pero bueno, empezaremos por presentarte a los cuatro cuervos, a ver si terminan inspirando las matemáticas a tus chicos…

. . .

Busqué pues una montura para Saturnino, y fue ella una yegua parda, de buen parecer y conformar, que nos prestó muy enjaezada el tío Demetrio el de Justo.

Ya bien entrado agosto, salimos una mañana remedando a la extraña pareja: uno aquí, de flaca figura, y el joven maestro (hay que decir que algo relleno), más chulo que un ocho en su tordilla.

Contento Roque de la compañía, subimos a buen trote la cuestecilla del camino que bordea la carretera, dejando el Santito a la izquierda.

—Ahí se despanzurró el carro donde llevaban la imagen de la Virgen a Piedrahíta —expliqué a Gumersindo—, y quedó claro que la Virgen no quería irse del pueblo, así que ahí le construyeron esa caseta que se ha dado en llamar el Santito.

Un poco sofocado iba el maestro, pues la tordilla tenía un trote saltarín, así que nos pusimos al paso.

—¿Aquello de allí es el Soto? —preguntó.

—Efectivamente. Menudas romerías se forman allí con la Virgen que viene en procesión desde el pueblo: baile al son de la dulzaina, almendras garrapiñadas… Ya Lope las plasmó en su comedia y ahí siguen cada 6 de septiembre.

—Sí, algo he oído de esa comedia…

—Es la historia de María, la hija del molinero, y de sus amores con el duque de Alba, de los que nació Hernando de Toledo. Ya te pasaré el tomo de Menéndez Pelayo que tengo en casa. Y mira, ese es justamente el molino.

—Los que no asoman son tus cuervos, oye.

Roque relinchaba en ese momento.

—Pues me parece que Roque acaba de saludarles.

Allí estaban efectivamente los cuatro sobre el bardal, en cónclave con mucho parloteo.

La yegua del maestro imitó a Roque y dejó claro que los équidos entraban en la conversación, los dos cabeceando enérgicamente.

Saturnino aprovechó para sacar una foto a los cuervos con la pequeña Kodak que llevaba.

—¿Ves? —me dijo—. Estos cuatro amigos van a enseñar matemáticas a mis chicos dentro de unos días.

—Eso me lo tienes que contar.

—Puedes venir si quieres. Va a ser una clase un poco especial.

—No sé por qué, pero me parece que algo está cambiando en las escuelas de este país.

—Desde la nueva ley de Villar Palasí, más de lo que tú te piensas. Para empezar, fíjate que ahora las clases son mixtas de niñas y niños, ¡y hasta los 14!

—Tampoco es que haya muchos pequeños para dividir las clases. Los pueblos se están vaciando…

—¡Ahí sí le duele! En La Aldehuela abrimos el curso con puesto y medio: yo y una maestra que viene media semana de Piedrahíta. O sea, la mitad de los días, clase multigrado con grandes y pequeños juntos. Menos mal que los mayores asumen su papel de ayudantes y la cosa termina funcionando.

Cuervos y caballos seguían de conversación y yo bromeé:

—Ahora les están explicando por dónde quedan los higos.

—Pues vamos allá —siguió la broma Saturnino—, que a mí me encantan.

. . .

Dos semanas después era el principio de curso y el maestro aprovechaba la foto de los cuervos (un poco retocada) para presentar a los alumnos mayores –que eran cinco– la actividad que había titulado "El agujero negro de los números".

—Ya sabéis que los cuervos hablan a su manera. Por cierto, ¿cómo se llama su lengua?

—Pues… pían —responde Bruno, un chaval de los más pequeños del grupo.

—No hombre, los cuervos graznan — le corrige Alicia.

—Bien. Pues os voy a contar lo que me pasó el otro día, que iba yo por el Soto y me encontré con cuatro cuervos sobre el bardal, muy de conversación con sus graznidos, pero lo que más me sorprendió fue que cada uno llevaba de un hilo una carta de baraja…

Los cuatro cuervos del bardal muestran con sus cartas el número 6174.

—Pero don Saturnino, ¿cómo puede ser que, con tanto graznido, no se les cayeran las cartas —apunta Rodrigo, un chico mediano.

—Bien notado, Rodrigo, pero date cuenta de que esto no es el queso de la zorra. Las cartas van prendidas con hilos.

—De todas formas —insiste Mari, sabidilla del grupo—, ahí hay truco, don Saturnino. ¿De dónde van a haber sacado los cuervos esas cartas? Eso suena a cuento.

—No señora —le replica Alicia—, que a mi tía Juana del Barco una paloma le robó un pendiente…

—Bueno, bueno —corta Saturnino—. Vamos a suponer que la cosa es posible. Aquí lo importante es el número que muestran los cuervos con sus cartas. ¿Cuál es?

6174 es la constante del matemático indio Kaprekar (1905-1986).

—Seis mil ciento setenta y cuatro —dice Justo.

—Muy bien. Ahora fijaos bien: ese número es un 'agujero negro' y cualquier número que digáis va a ser atraído hasta él. Os vais a poner en dos grupos y cada grupo va a proponer un número de cuatro cifras, que no todas sean iguales. Vamos a ello.

—Nosotras ya lo tenemos, don Saturnino, el 9352.

—Perfecto. ¿Y vosotros?

—Hum… el 1234.

—No habéis buscado mucho, ¿eh?, pero vale. Bueno, ahora el primer grupo sale a la pizarra y va haciendo restas como os voy a explicar: primero apuntáis vuestro número, el 9352; después escribís debajo sus cifras ordenadas de mayor a menor; a continuación, debajo, las cifras ordenadas de menor a mayor; y ahora restáis estas de aquellas. ¿Qué os da?

—7174.

—Bien, pues ahora repetís la resta de la misma manera con ese número. A más tardar en el paso siete, el agujero negro os habrá atraído. Vamos a verlo…

Y así siguieron:

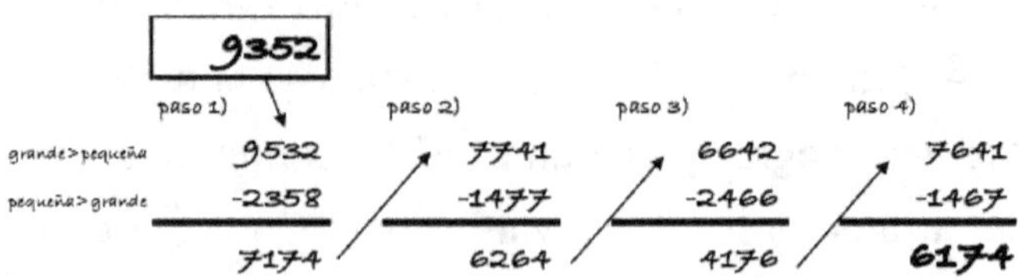

—¿Qué os parece ese resultado del paso cuatro?

—¡Es el agujero negro! —saltó Mari—. ¡Nos ha atraído en solo cuatro pasos! ¿Pasará lo mismo con el número del otro grupo?

—No hay más que una manera de saberlo: haciendo las restas. Venga, muchachos, a la pizarra.

El segundo número fue más rápido en dejarse pescar por el agujero negro:

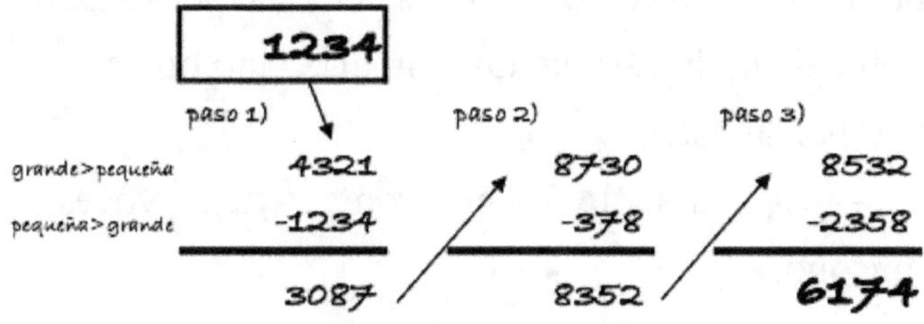

—Me parece que ahí ocurre algo, ¿no?

—¡Hala! El agujero nos ha atraído ya —casi grita Justo.

—¿Entonces eso funciona con cualquier número? —pregunta Rodrigo.

—Con cualquiera —responde Saturnino—. ¿Y sabéis una cosa? Ese agujero negro, el número 6174, lo ha descubierto un maestro llamado Kaprekar que enseñaba hasta hace bien poco en una escuela de Deolali, una ciudad no mucho más grande que Barco, al oeste de la India.

—Y números de esos… —se queda pensando Mari— ¿Hay más?

—Huy, Mari, ya lo creo. Y vosotros conocéis varios… el número π (pi), por ejemplo, que explica la longitud de la circunferencia. ¿Podéis decirme cuánto vale?

—3,14 —responde enseguida Justo.

—Y muchos decimales más, ¿eh? Hay otro número que veremos en unas semanas y ese explica la forma de la casa de un animal… uno que saca los cuernos al sol…

—¡El caracol! —gritaron varias voces al unísono.

—¿Y sabéis decirme cuál es la forma de su casa?

—Una… ¿elipse? —apuntó Mari.

—No está mal, pero una elipse es una circunferencia estirada por dos lados opuestos. Lo del caracol es más bien una circunferencia abierta que se hace cada vez más grande. ¿Y se llama…? Es…

—¡Espiral!

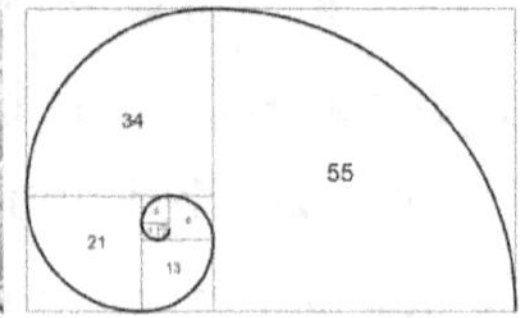

—¡Eso es! Y la espiral va creciendo 1, 1, 2, 3, 5, 8, 13, 21… ¿hasta dónde?

—Las espirales, hasta el infinito. Los caracoles no, que eso sería un engorro —comenta Mari muy suya.

—Aquí lo que yo veo —exclama Justo— es que, entre caracoles, espirales y números… todo está conectado con todo.

—Algo así dijo Einstein, muchacho —responde Saturnino pensando que, si ese es el primer día de clase, el final de curso promete hasta caracoles infinitos.

5   CINCO CIGÜEÑAS POR LAS SOLANAS

Si usted me pregunta por qué no voy directamente a los hechos sino que empiezo los cuentos con estas digresiones en bastardilla, le diré que por dos razones. La primera es que ponerse a contar historias pasadas pide una transición –como un marco que se atraviesa para entrar en el cuadro, que ya no es la pared– y también una explicación, pues el escribidor entra en esas historias de refilón, como mirón más que como actor. Y ese papel del mirón conviene aclararlo un poco: ¿por qué está ahí ese que habla si no es del pueblo? ¿Cómo es que conoce las historias que cuenta? ¿No se las estará inventando de medio a medio? O sea, hay que aquilatar con quién el lector se está gastando los cuartos (por lo menos los que vale el libro).

La segunda razón es dejar claro que, si estas historias arraigan profundamente en La Aldehuela, precisamente por eso son también de cualquier sitio. Me explico: si algún pasaje de estos cuentos le ha hecho reír o le ha tocado un pelo el corazón, entonces es que son historias verdaderas, es decir humanas, es decir también de la Conchinchina.

Ya sé que eso es mucho decir... y al mismo tiempo no tanto: compartir un guiño para mirar la vida con un granito de humor, reírnos de lo que hemos sido, pero sabiendo que no lo hemos hecho tan mal: que estamos aquí para contarlo y para seguir jugando con las cartas que hemos recibido del pasado, y que con ellas podemos echar todavía un buen envite a la vida. Un órdago a la grande, vamos.

· § ·

Cinco cigüeñas en el cielo azul.

—Si no son las que anidan en la torre de la iglesia, poco les falta —dice Braulio, que conoce bien las tierras de esa parte—. A estas horas salen a cazar por Las Solanas del Carrascal o por Cabeza Águila, siempre a tierra de encinas y matorrales. Por el arroyo Bullicio me las he encontrado alguna vez, pero estas prefieren los altos... Y echa pacá la petaca, anda Nicanor, que es tiempo de hacer una parada y echar una meadita.

—Te advierto que llevo caldo[7] —responde el aludido.

—Bueno es, pero pasa también el librillo, que no lo voy a poner yo todo.

—No, si eso ya me lo sé. ¡La madre que te parió!

Braulio fuma de gorra la mitad de las veces. Tiene la vaga intuición de que el cigarro no puede ser bueno para las agallas y, de prestado, menos se fuma y además menos se gasta.

Con Braulio y con Nicanor he salido a ver las parcelas que ambos siguen labrando casi en soledad por Las Solanas, un alto secarral que queda al norte

---

[7] Caldo: denominación popular de una de las variedades de los cigarrillos de picadura en hebra de marca *Ideales*, la que venía en papel amarillento. Para más detalle, ver el cuento precedente *Una filosofía con cachava*.

del pueblo, a la derecha de la carretera que va a La Horcajada.

—Todo abandonado —dice Nicanor paseando el dedo a la redonda—. ¿Ves esas casas de arriba? Todavía tienen alguna pared buena, pero nada, destripadas. La gente se ha ido a Madrid, a Piedrahíta, qué sé yo.

—Nuestras tierras son ya de las pocas que se siembran por esta parte —añade Braulio—. Y a saber lo que aguantaremos, porque lo que es a mí, con las patatas que me da la huerta de abajo empiezo a tener de sobra…

—Hombre, pues a ver si enseñas ese vergel —le propongo.

—Mañana mismo me toca regar a las ocho. Vente y me echas una mano.

Dos de las cigüeñas volaban ahora bajo, de vuelta para La Aldehuela. Una llevaba una culebra en el pico.

—Paece que la caza se les ha dado. Ahí van derechas al nido para dar de comer a los polluelos

—Ya vi el otro día uno o dos que todavía no se atreven a volar.

—¡Ándale ahí! —salta Nicanor señalando una parcela de abajo, junto al regato—. Cuidao la que ha preparado pa los cebollinos el chico de Pepón con la nueva yunta. En mi vida he visto surcos más torcidos.

—Estos jóvenes ya no son lo mismo —admite Braulio—. Y es que no hay que darle vueltas: si no tienes en la yunta un buey viejo que sepa andar, mal labrar tienes. Acuérdate, Nicanor, cuando uncíamos con yugo de tres, para poner en medio al buey joven, a que aprendiera.

—El problema —tercié yo— es que todo eso se está perdiendo.

—Está perdido ya, hombre. Mira la era: andan en el ayuntamiento queriendo quitarla. Que si ya no quedan ni tres que trillen con mula, que si falta dinero pa las calles, nada. Pero la cuestión es que en estas tierras altas no hay manera de meter un tractor sin perder la mitad. Son tierras de labrar con yunta y emparejar con tabla. Otoño cara al invierno, de sementera a voleo. Y a la siega, de guadaña y trilla…

—Pues ojo al parche —vaticina Nicanor—. En tierras tal que estas, ¿sabéis lo que están poniendo los americanos? Agarrarse, unos cuadros que cogen el sol y lo convierten en electricidad.

—¡No te digo! —reprueba Braulio—. Lo que nos faltaba aquí: cambiar espigas por arradios… y morirnos toos de hambre, pero bien eléctricos.

. . .

Las siete serían cuando acudí al pilón, donde Braulio me esperaba ya azada al hombro.

Había en el aire ese olor familiar de frescor de la sierra y de boñiga. Los primeros rayos del sol jugaban en el chorro del agua y algún gallo cantaba a lo lejos.

—Buenos días de Dios, que se nos pegan las sábanas, ¿eh?

—Más bien el café. Aquí uso una manga de tela que quiere su parsimonia.

—Huy, la parienta se ha pasado al Nescafé, pero si quieres que te diga la verdad, casi prefiero la achicoria aquella que había en los años del hambre. Venga, vamos pa las patatas.

—¿Cada cuánto tienes que regarlas?

—Tres… cuatro días. La patata no quiere tampoco mucha agua. Además, ya sabes, el agua nos toca a nosotros desde el jueves hasta el domingo a mediodía[8]. Así que, según eso, hacemos turnos rotativos. Unos más largos y otros menos, según las obradas de cada cual.

—O sea, que a ti te da paso el anterior y tú abres la acequia.

—Eso es. Dos golpes de azada y el agua empieza a recorrer los surcos de arriba abajo. Si el caudal viene bueno, en poco más de una hora he apañado.

—Y eso de media semana La Aldehuela, media semana Santiago, ¿tiene que ver verdaderamente con los amores de María la molinera con el Duque?

—Eso dicen, pero yo no me lo creo. En Barco, sin ir más lejos, hay también ordenanzas que separan de antiguo el agua por mitad mitad.

---

[8] Varias ordenanzas de los primeros duques de Alba regulaban ya la repartición del agua de regadío en sus señoríos (v. Nicolás de la Fuente Arrimadas, *Fisiografía e historia del Barco de Ávila* [2 vols.], Ávila, Senén Martín, 1925-1926, obra que recopila las ordenanzas locales por temas: agua, vol. 1, p. 293 ss.).
Entre La Aldehuela y Santiago del Collado sigue con todo un largo contencioso hasta 1903, cuando una sentencia del Juzgado de Piedrahita (acerca del litigio entre un molinero de La Aldehuela y un vecino de Santiago del Collado) establece la repartición de las aguas en dos turnos semanales, entre el 1 de mayo y el 30 de septiembre de cada año.

—Ahora esa división afecta al arroyo Caballeruelo y a la garganta del Poyal. ¿No es así?

—Sí, el Caballeruelo viene desde el prado de la Hoya de Santiago. La garganta del Poyal, casi del límite entre ambos términos municipales. Las fuentes están en los riscos del Poyal, que también se llaman de Los Lobos, o sea las cumbres de La Lastra, y eso es término de Santiago del Collado.

—¿Es ahí donde cada año subís en agosto?

—El primer jueves, sí señor, a limpiar de maleza todo aquello. A ver si vienes este año, coño.

En esto habíamos llegado a la tierra de Braulio.

—Mira, cuando yo te diga, abres aquí con la azada, que voy al otro lado a mirar si está bien cerrado.

La tierra que bloqueaba la entrada estaba solidificada con varios pedruscos y, al echar mano a uno de ellos, me encontré a pocos centímetros con una respetable culebra que irguió la cabeza con un penetrante siseo.

Braulio advirtió mi reacción de pánico y vino corriendo.

—¿Te ha mordido?

—No, creo que no.

—No pasa nada, es una culebra y, aparte del dolor del mordisco, no es peligrosa. Se conoce que la has asustado.

—Ella a mí más bien. ¡Qué manera de plantarse como una cobra!

—¿Sabes la historia que se contaba en el pueblo cuando yo era chico? Pues que la culebra y el lagarto son los dos enemigos mortales de estas sierras, pero la culebra es amiga de la mujer y el lagarto del hombre...

—Vaya, no imaginaba yo que hasta ahí llegara la guerra de los sexos... Pero venga hombre, desembucha el cuento.

—Pues escucha: es el caso de una zagala del lugar que había llevado el almuerzo al padre, que andaba en la siega, y a la vuelta se echó a descansar a la sombra de un enebro y allá se quedó dormida.

»Cuando despertó, cuál no sería su sorpresa al ver a su lado un enorme lagarto muerto y, poco más allá, una culebra erguida que parecía vigilar la escena. La culebra se espantó ante el respingo de la chica, que al fin comprendió lo que allí había sucedido: la culebra la había protegido del ataque del lagarto.

»El caso se supo y dio que hablar, pero las conclusiones y moralejas no se sacaron hasta que no se produjo otro suceso semejante. Y fue este segundo el de un garrido mozo que andaba en las faenas del campo y, fuera por el mucho esfuerzo, por el bochorno de la jornada o por el vinillo del Jerte, el asunto es que se quedó traspuesto en un lugar ameno, junto a una fuente, y allí estuvo roncando todo lo que quiso hasta que una lucha feroz le entresacó de las nieblas del sueño para descubrir junto a su garganta las fauces sin vida de una horrible culebra cuyo cuerpo mostraba dentelladas sin fin. No lejos, con una pata herida, un lagarto montaba aún la guardia tras la cruenta batalla[9].

—O sea, que en mi caso, no solo no ha acudido la cigüeña cazadora de Las Solanas, sino que me ha dejado plantado el lagarto del cuento… Y vamos a

---

[9] En la distancia de la memoria, esta historia de culebras y lagartos me fue referida de pequeño en La Aldehuela. El tema está atestiguado en la *Revista de folklore* de la Fundación Joaquín Díaz: José Manuel Fraile Gil, "Lagartijas, lagartos y culebras por la tierra madrileña: rimas y creencias", *RdeF*, 353, 1996, pp. 162-170; Arturo Martín Criado, "Mujeres y hombres a la greña", *RdeF*, 500, 2023, pp. 4-40.

ver, ¿qué pasaría según tu historia si duermen juntos un hombre y una mujer?

—¿Quieres decir que están…?

—… en dulce batalla…

—En ese caso que dices, no sé yo lo que opinarían los autores del cuento. Pero me paece a mí que la batalla de los unos no puede sino enardecer la batalla de los otros. Lo que no se sabe es cuál sería el resultado con todo ese lío. Yo pondría empate en la quiniela.

6   SEIS DE SÉMOLA PARA APUNTAR

En el contar está también la fascinación, que es una especie de encantamiento, o sea de magia, pero que viene así por las buenas: la respiración del crepúsculo que llena el aire de eco, la noche callada tras la luz de Venus... Y eso basta para que la palabra vuele por sus altos fueros... y las cosas con la palabra, pues hay que admitir al fin y al cabo que esto de contar y nombrar es asunto serio, es decir, un acto de fundación como el de esos descubridores que iban y decían "este se llamará «Lago de la Lluvia»", y así se quedaba anotado en su cuaderno para los siglos venideros, todo porque allí les había pescado ese día un chaparrón del diablo.

Es un poco pretencioso hacer de descubridor –y de escribidor–, pero a veces da uno en el clavo, y el lector confirma que sí, que "Eso mismo me pasó a mí" o "Bien cierto es que tía Candidina tenía los mejores garbanzos". Ahora, que aquí estamos poniendo otra vez la carreta delante de los bueyes y será mejor empezar contando quién era esta tía Candidina. Así que seamos disciplinados y vayamos a su tienda, que está ahí mismo, cerca del pilón.

• § •

—… Y me ha dicho mi madre que es para apuntar…

—Mira, maja, en lugar de los seis kilos, te vas a llevar solo tres, que sémola me queda poca. Y dile a tu madre que con esto lleva fiados más de cuarenta duros. Que se pase por aquí cuando quiera.

—Yo se lo digo, tía Candidina.

—Toma un caramelillo, anda.

—¿Puede ser de fresa?

—¡Caramba con la señorita! A ver… Venga, ahí va uno de fresa.

—Muchas gracias, tía Candidina.

—Adiós, guapa.

Tía Paca ha observado la escena mientras recupera fuerzas, sentada en la silla de enea que está al fondo del mostrador.

—Vaya negocio que tienes, Candidina. Entre fiar y dar caramelos, no sé yo si vas pa rica.

—Para rica no, pero esto por lo menos da para comer, Paca, y las cuentas terminan saliendo. ¿Ves este cuaderno de fiado? Ni quiero saber cuánto me debe la parroquia, pero, mientras corran las cuentas, eso quiere decir que yo sigo viva y que tengo para casa.

—Eso también es verdad.

Por la puerta partida de tía Candidina, a través de la cortina mosquitera de rollitos de papel pintado y desteñido, entran unas breves líneas del alto sol que anuncia ya el almuerzo, la fritura de los torreznos que engalanarán las patatas revolconas, el leve aroma del pimentón de la Vera, que ese al menos nunca faltó por aquí.

. . .

El tío Braulio y su compadre Nicanor se encuentran en el bar, acodados ante sendos chatos.

—¿Querrás creer lo que me ha pasado esta mañana en La Horcajada? —dice Braulio.

—Vete a saber, que ahí, con la Cabeza Santa que tienen en la iglesia, hay mucho portento.

—Y mucho cuento, vaya si lo hay. Fíjate que me dice Juan el del Tollar, que había ido yo a verle un arado, conque a comprarlo… Pues va y me dice «Hombre, ya que estás aquí, acércate a la cooperativa del cura, ahí mismo, al lao del bar que tienen, y coges algo para la familia. La mujer se ha llevado ayer arroz y chocolate, tiraos de precio». Total, que pallá me voy.

—¿Y te has traído el arroz?

—¡Quia! Ni un nabo. Primero me preguntan que si soy «de la hermandad obrera». «Labrador de toda la vida… y lo que se preste», les respondo. «Pero necesita la tarjeta». «¿Ya estamos otra vez como en el racionamiento? ¿Quién da esa tarjeta?». «Don Emiliano, el cura, pero no está, que le ha llamado el obispo»…

El tío Colás se les ha ido juntando y ha oído lo del obispo:

—¡Buenos andáis! Del cura comunista estáis hablando, como si lo viera. Menudo embolao tiene con ese asunto don Manuel, el alcalde de La Horcajada… Dos veces le ha convocado el gobernador. Y al cura otras tantas, claro, pero nada.

—Pues a este parece que no le quieren en la cooperativa esa del cura —salta Nicanor.

—Casi mejor —apostilla Colás.

—Hombre —comenta Braulio medio dolorido—, yo me habría venido más contento con unos kilitos de arroz... Pero qué se le va a hacer: uno es solamente obrero, pero no de la hermandad de la castaña.

. . .

El domingo siguiente, el 'cura comunista' del pueblo vecino estaba en boca de todos en el bar de La Aldehuela. Caso raro, pues no se puede decir que los asuntos clericales –salvo entierros, bodas y bautizos– ocuparan mayormente la atención de la gente del pueblo.

Hay que decir a colación que, los domingos, los hombres no ponían los pies en la iglesia sino al «*ite, missa est*» (y eso a algunos les parecía ya un exceso de meapilas), siendo lo propio esperar en el bar hasta la oportuna señal dada por un chaval avispado.

Por su parte, las mujeres solían llegar al «*Dominus vobiscum*», o al menos para los «*Kyries*», pero estaban toda la misa tan atareadas con sus altares de torcidas encendidas para los difuntos, que maldito el caso que hacían al cura. O sea, que el oficiante venía a decir latines y prédica para algún despistado de la capital que caía por el pueblo. De ahí la rareza de que los hechos y milagros del cura el pueblo vecino suscitaran de repente un interés general tan desmedido.

—… Calla, que en el sermón de hoy ha puesto pingando al veterinario y a alguno más le ha lanzado sus buenas pullas —refería Jacinto el de Celes—. ¡Así como lo oís!

—Pues eso es mezclar churras con merinas, o sea la religión con la política —saltaba Celso el de la burra, que estaba suscrito al Diario de Ávila—. Y además es una difamación. Vamos, para poner una denuncia a la Guardia Civil…

—Puede, pero vayamos por partes —calmaba ánimos el maestro con mucha gala terminológica—, que la actuación de la Benemérita quiere su parsimonia, o sea, instruir las diligencias de averiguación de los hechos. Y luego la autoridad verá.

—Qué va a ver ni qué ocho cuartos —protestaba Celso—, si aquí se topa con la Iglesia…

—¿Pues no está la Iglesia contra el comunismo? —arguyó tímidamente Jacinto el Chico.

—Pos claro, hombre de Dios, pero la jerarquía no quiere que le toquen sus piones.

—Serán peones… —corrigió el maestro, muy en su papel.

—… O cojones, pero dejémoslo en lo que dice aquí el maestro. ¿Sabéis lo que me ha contado Gómez Málaga, el abogado, que me le encontré ayer en Barco? Pues que el cardenal Pla y Deniel le ha dado un repaso de cuidado a Solís, el Delegado Nacional de Sindicatos[10], y que la cosa…

Pero las conversaciones se diluyeron a la entrada del cabo de la Guardia Civil, que fue directo a saludar al tío Colás y le comentó algo en voz baja. Allí no hubo ya sino vaivén de petacas, chatos de a peseta y mejillones de lata.

. . .

El asunto del 'cura comunista' terminó en empate, o sea, ni para la jerarquía eclesiástica y su Acción Católica, ni para el 'Movimiento Nacional',

---

[10] Sobre el enfrentamiento Pla y Deniel-Solís, véase Basilisa López García, "Discrepancias entre el Estado franquista y las asociaciones obreras católicas", *Anales de Historia Contemporánea*, v. 5, 1986, pp. 177-187 [correspondencia en v. 4, 1985, pp. 259-282].
En ese contexto, el obispo de Ávila, Santos Moro Briz, decidido impulsor de la Hermandad Obrera de Acción Católica, se niega inicialmente a actuar contra el párroco de La Horcajada, Emiliano Camacho.

que estaba ya en un ciclo de cambio de guardia, dando paso a los tecnócratas del Opus Dei.

Don Emiliano Camacho, cura párroco de La Horcajada, fue destinado calladamente para ejercer de capellán en el entonces llamado Hospital del Rey, en Chamartín, y de ahí pasaría a una parroquia de Vallecas.

Pero en La Aldehuela el arroz siguió por la nubes, asomando solo en las grandes ocasiones familiares, en las que era acompañado por un gallo (si lo había) y servido en los viejos platos cartujanos, ilustrados en negro con escenas de exóticas campiñas.

Plato cartujano. Imagen del catálogo de la Cartuja de Sevilla.

. . .

El tío Nicanor entró con muchas prisas en el bar:

—¡Eh, Braulio! Corre, que no es arroz, pero están repartiendo queso y leche en polvo.

—¿En polvo?

—Sí, hombre. Son los Americanos, que van a poner una base en Torrejón.

—¿Y están ahí?

—Anda, tú vente, quentoavía nos quedamos in albis.

Lata de queso cheddar, donado por la cooperación americana consecutiva a los acuerdos de 1953. Imagen procedente del blog del colegio Nuestra Señora de las Nieves de Arcos de la Frontera.

En la plaza, delante del ayuntamiento, había un taxi de Ávila con el maletero abierto y unos voluntarios de Caritas estaban repartiendo el 'suplemento alimenticio' que decían, o sea una enorme lata cilíndrica de queso cheddar por familia, con un paquete de leche en polvo y otro de mantequilla.

Esa tarde La Aldehuela empezó a salir de la posguerra.

7   SIETE SIETES EN EL PANTALÓN

La materia con la que se hacen las historias —estas mismas de La Aldehuela— se llama tiempo. Ahora, que no todos los tiempos son parejos: hay tiempos y tiempos.

Está el que se echa a volar sin freno de la mano del narrador, y salta días y años en busca del golpe que reorienta las cosas y que explica lo que sigue después.

Pero mire, ese es un engaño del arte de contar: el creer que lo que precede mete irremediablemente en vereda todos los hechos que siguen, y que si usted 'se equivocó' en tal momento, ya no tenía más remedio que seguir remachando el clavo.

Lo mismo que en esos libros y juegos de aventuras donde usted es el héroe y debe elegir cuál de las puertas abrir, entre las tres que dan paso al futuro. Y cree usted elegir así uno de los caminos y eliminar del panorama todos los otros, pero lo que olvida es que al tiempo le gustan las vueltas atrás, los saltos y las repeticiones.

Imagine además la cantidad de peripecias posibles que produce ese camino que se bifurca y vuelve a bifurcarse cada vez que usted decide algo: muchos de esos futuros posibles terminarán inevitablemente por parecerse.

De modo que es como si los caminos bifurcados volvieran a juntarse en un 'después' igual a un 'antes' o a otro 'después posible'. O sea, un nieto que se encuentra a sí mismo repitiendo los gestos de su abuelo, redescubriendo con fascinación un libro, una balanza de precisión o un revólver que son suyos por mano interpuesta del tiempo.

Balanza de precisión del abuelo Eugenio Serrano (1879-1957), practicante de La Aldehuela, donde fue durante años el único recurso local de la salud pública.

Y el tiempo sigue como si dos generaciones no hubieran pasado. Como si el abuelo Eugenio frecuentara todavía la facultad de medicina, que pisó fugazmente, y no hubiera ni pensado irse de practicante a La Lastra del Cano, y luego a La Aldehuela, donde de hecho su historia real siguió, así como la de sus hijos y la de parte de sus nietos y bisnietos.

Lo que pudo ser y no fue en cualquiera de esos puntos de 'decisión' sigue estando ahí –agazapado al lado de lo que sí sucedió–, aunque no para volver atrás y coger ahora una puerta diferente del futuro. No, sería demasiado fácil viajar en el coche del tiempo de la película Back to the future[11] *para cambiar el curso del presente.*

En realidad, se trata de bucear en el naufragio del tiempo hasta acostumbrar la vista, rescatar cualquiera de los restos diseminados por el fondo del olvido e ir tirando del hilo de la memoria hasta

---

[11] En el film *Back to the future, Regreso al futuro* (Robert Zemeckis, 1985, primero de una trilogía), un adolescente, Marty McFly (Michael J. Fox), viaja por el tiempo desde 1985 hasta 1955, la época en que sus padres se conocieron, lo que cambia radicalmente el curso de la familia.

encontrarse uno mismo allí, rodeado de todo lo que fue.

La imagen puede mejorar algo la de aquel entonces, pero perdonémonos este retoque, pues lo verdaderamente importante es que esos recuerdos rescatados y nuevamente coloreados en technicolor tienen detrás una gran aventura familiar y social: la historia de cómo sobrevivieron todos los nuestros a muchas embestidas de la vida. Y eso no es poco.

Volvamos ahora al principio de nuestro argumento de que "hay tiempos y tiempos", pues no siempre la historia, o su narrador, hacen volar los acontecimientos. A veces la acción se detiene, llanea por tranquilos meandros y el aire se llena de neblinas que todo lo unen en una luz difusa. Entonces la procesión va por dentro y el ahora se estira ocupando el plano entero, el antes y el después. Todo se hace presente.

Y cuando el tiempo se detiene, la cuestión no es tanto lo que ocurre como la intensidad con la que se vive el momento. Pues un instante puede contener todo el universo...

• § •

—Pero hombre de Dios, ¿dónde va usted con esos sietes en el pantalón, que parece uno de esos jóvenes que vienen ahora de Madrid todos llenos de rotos?

—¿Qué quiere usted, señora Bernarda? A mí me van el martillo y la barrena, pero esa costumbre de los hombres del pueblo de usar mono todavía no la he cogido.

—Pues debería usted, que los monos son más recios y todavía va a terminar usted por enseñarnos sus partes.

Estaba la tendera con una parroquiana que se rio con ganas de la ocurrencia.

—Huy señora Bernarda, ya se me ha pasado la edad de hacer ostentaciones. Además mire, los sietes son de rodillas y bajos.

—¿Qué le pongo tan de mañana?

—El pan de costumbre y una lata de sardinas, que me ha entrado un vacío de estómago.

—Eso hay que llenarlo, hombre. Aquí tiene. Tres sesenta y cinco hacen. Y ya le digo, usted que va tanto a Ávila, no tiene más que acercarse al Arco Iris y allí le apañan rápido un mono como Dios manda.

—Tendré que hacerle caso, señora Bernarda. ¿El señor Juanche trabajando?

—Anda entejando en La Horcajada. Después tiene una casa pendiente aquí. ¡A ver si se anima usted y se deja de vivir de prestado!

—Todo se andará, que la tierra de los mayores tira, pero uno tiene sus asuntos por ahí fuera…

En Ávila terminé comprándome el mono, pero no fue de cuerpo entero sino de peto y tirantes, que me parecía como menos agobiante.

Mis tíos Alicia y Gabriel paraban esa temporada también en Ávila, en casa de la hija. Propiamente, medio pueblo se había trasportado a la capital, pero los más mayores seguían con el corazón en La Aldehuela y solían cerrar filas para protegerse del mal de la distancia.

Gabriel, que tenía todavía buenas piernas, bajaba así casi todos los días a ver a los paisanos que estaban en la residencia de abajo, la que fue Casa de Misericordia, junto a la iglesia de San Nicolás. A la salida de una de esas visitas, allí quedamos un día.

—Mira esa lápida junto a la puerta —me dijo.

Lema de la residencia de mayores de la antigua Casa de Misericordia, Ávila.

—Tú que andas siempre entre libros —siguió—, ¿qué te parece que dice el escrito?

—Que la vida no fía largo, o sea que hagas pronto lo que tengas que hacer porque después quizá no puedas.

—Eso mismo me dije yo el primer día, pero fíjate bien: si el tiempo todo lo destruye, también se llevará lo que hayas hecho…

—¡Hum! Es cierto lo que dices, pero no lo que se sigue, que es que lo mejor entonces sería cruzarse de brazos y no hacer nada. Don Francisco de Quevedo dejó escrito que el amor pasado será ceniza, pero seguirá ahí, tendrá siempre sentido… Porque jugar las cartas, hay que jugarlas, vamos. Para eso estamos aquí, coño, no para tocarnos las narices.

—Vale, eso pide unos chatos.

La conclusión perentoria de Gabriel significaba que lo de Quevedo merecía recalar en El Emiliano, como así hicimos. Allí nos zampamos unas considerables tapas de picadillo regadas con tinto Navajas que nos reconciliaron con el tiempo y lo volvieron más presente, que hasta oíamos en sordina los pájaros del jardín de atrás y los comentarios anodinos de la televisión, o sea esa nube donde todo ronronea en el gozo mínimo de estar vivo (¿será eso la felicidad?).

Es cierto que la edad nos ha ido mellando a ambos. A mi tío, que va por delante, un poco más, pero aún podemos hacer alguna escapada y hasta cometer algún desmán, como el que nos achacó pocos días después una celadora de la Casa de los Deanes, sede del Museo Provincial.

Casa de los Deanes, plaza de Nalvillos, Ávila.

—Pero mujer —se insurgió Gabriel ante la llamada de atención—, ¿cómo quiere usted que le vayamos a desbaratar el celemín ni la cuartilla, si todo lo tienen clavado en el suelo? Y a saber si la gente comprenderá nada de cómo funciona este molino de madera que tienen aquí si no se puede manipular…

Molino de madera para grano, fechado en 1921. Museo Provincial de Ávila.

—Funcionar, funcionaba en tiempos que ya son historia —justificó la cuidadora.

—Pues le voy a decir que harina como la que salía de una máquina así ya no se cata.

—Eso sí que se lo creo, mire.

Hicimos así las paces con la señora y también con el museo, que alberga una esmerada colección de objetos de la vida rural cotidiana. Gabriel se había encontrado allí lógicamente a sus anchas, con la sola frustración del tributo que pagan todas las piezas que atraviesan las puertas de un museo, que se quedan fijas en paredes y vitrinas… y algunas hasta en el suelo.

. . .

A la salida de la Casa de los Deanes, la rueda de los minutos del universo se quedó parada, fuera porque tenía la batería baja o porque el hilo del tiempo se había hecho un burruño. Yo creo que más bien lo segundo, pues de repente me encontré con un niño como de ocho años y lo más extraño es que ese niño era yo.

Alguna teoría echa mano de la imagen del saco redondo que todo lo guarda para explicar estos saltos del tiempo, pero para mí que algo cuenta la cercanía del espacio. Y es que ahí mismo, en la plazuela de Santa Catalina, está la vieja casa de mi infancia con su jardín y su aparador de tiradores niquelados en forma de bolos…

Ahí, justo delante del aparador, está ese niño experimentando un curioso truco de magia, ¡sin varita ni nada! Empieza con una palabra, pronunciada con su acento bien fuerte, así:

bo lo

La repite luego varias veces:

bo lo bo lo bo *lo* bo *lo* bo…

Y ¡bumm! De repente se convierte en otra cosa:

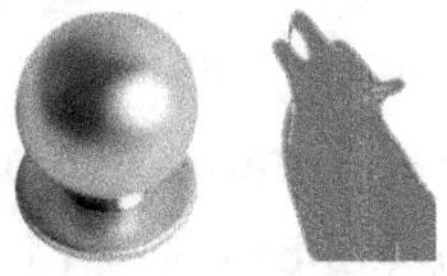

Fantástico, ¿no? Lo he probado después varias veces, pero ya no me funciona. Los bolos se niegan obstinadamente a aullar y no hay nada que hacer.

En esa vieja casa, cuando venía Elena, hacíamos una cocina que tenía un reloj, que era una tapa de cazuela de las rojas. Elena y yo estábamos casados, claro, pero lo nuestro era siempre en la cocina, alrededor de aquel reloj-tapa de cazuela que marcaba las horas inmóviles. Tic-tac decía aquella eternidad antes de hundirse en el tiempo…

. . .

«Ya llovió desde aquel chaparrón hasta hoy», cantaban a dúo Sabina y Gardel en aquella luz de plata de la nostalgia que se llama *Volver*. Hay quien busca el lugar de su infancia y hasta quien quiere ganar la partida al tiempo pensando que veinte años no es nada.

Querer volver al pueblo parece de lo primero, pero tiene mucho de lo segundo, pues lo que uno busca casi siempre en ese caso es volver al pueblo de antes, al de aquel otro niño que corría en compañía de otros muchachos, cerca del pilón de La

Aldehuela, con unas sandalias que habían sido blancas… Mientras la tarde caía con ese frescor de tierra húmeda que nunca podré olvidar.

. . .

—Hombre, ¿por aquí de vuelta? —soltó la señora Bernarda en cuanto me vio atravesar la cortina mosquitera de su tienda—. ¿Para más largo esta vez?

—Juzgue usted misma, señora Bernarda: me he traído un cajón de libros.

—Tenga cuidado, no se le vaya a secar el cerebro.

—Tranquila. Llevo años con esa enfermedad.

—¿Y aparte de leer, qué piensa usted hacer en La Aldehuela?

—Lo de siempre.

Pero lo de siempre es ahora esto: Braulio ha salido a recibirme con andador y la puerta de Nicanor está cerrada. Una vecina me ha dicho que le ha dado una cosa de cabeza y que está en la residencia de mayores de Piedrahita.

En la tertulia de sillas a la puerta de las vecinas, mi vuelta y el cajón de libros dan algo que hablar.

—Este hombre, día y noche leyendo —comenta Pura—. Es que no hace otra cosa…

—Sí, mamá —la corrige Julito—, que ayer, cuando fui a acercarle el pan, estaba escribiendo.

—¡Virgen santa! Otro como el maestro de La Lastra del Cano que mataron en la guerra.

—Por Dios, Pura —razona Matea—, que aquello no está por volver.

—Sí, fíate tú. Deja que vuelva a ganar el Trump y ya verás… Oye, Julito, ¿y te fijaste qué escribía?

—En letras así de grandes lo tenía en el ordenador: «Siete cuentos de La Aldehuela». Para mí que cuenta lo que ve por aquí.

—¡Vaya con este hombre! Entonces habrá que andar con cuidado, no nos vaya a sacar de cualquier manera…

POSDATA ESCRITA
A LA LUZ DE LA LUNA,
O SEA CON MUY MALA LETRA

Cuentan las historias de la filosofía que un tal Heráclito, vecino de aquellos famosos lares, veía el tiempo como una fuga alocada de las cosas hacia su pérdida y final, mientras que otro lugareño, llamado Parménides, se quedaba con el poso de lo permanente, pues la cigüeña vuelve a su nido como la estrella de la mañana a alumbrar por el este.

Lo que no cuentan esas historias es que al primero de ellos le gustaba bañarse en las pozas del arroyo Caballeruelo, donde corre el agua como un cuchillo, mientras que su vecino Parménides tenía por costumbre encaminar sus yeguas —una negra y otra blanca— por los altos de Las Navas, desde donde se divisa un panorama inmutable, humanos y bestias convertidos en pequeños puntitos que apenas si se mueven.

Y tengo para mí que, de estos dos filósofos de la tierra, ninguno se equivocaba, pues saludables para cuerpo y espíritu son las abluciones que practicaba el uno —sobre todo si se hacen en deleitosa compañía–, pero ver, lo que se dice ver, quiere espacio y, en esa distancia, todo se para y hasta los sonidos se vuelven un eco que se queda en el aire, como formando parte de la bruma y del ser que impregna todas las cosas.

Quiero decir con esto que todo lo verdadero que he contado en estos cuentos sigue viviendo ahí, en sus propios lugares, ya que el tiempo es un saco que no pierde nada, puesto que es redondo y cerrado.

Y sobre lo poco que he podido inventar de mi cosecha para encalar las historias y dejarlas más curiosas, lo mismo me atrevo a afirmar: que eso acompaña lo documentado y veraz —aunque sea como una voz en *off*–, pues lo real gusta de engalanarse con lo posible como la memoria con el sueño.

Trois-Rivières, domingo 11 de febrero de 2024

[2-240215]

www.ingramcontent.com/pod-product-compliance
Lightning Source LLC
LaVergne TN
LVHW020347200726
843507LV00012B/2527